U0902311

心岳词

岳顺民 著

中国文联出版社

图书在版编目（CIP）数据

心岳词 / 岳顺民著. -- 北京 : 中国文联出版社，2024. 10. -- ISBN 978-7-5190-5617-9

Ⅰ. I227.8

中国国家版本馆 CIP 数据核字第 2024BE1965 号

作　　者　岳顺民
责任编辑　胡　笋
责任校对　秀点校对
封面设计　麦　田

出版发行　中国文联出版社有限公司
社　　址　北京市朝阳区农展馆南里 10 号　　邮编　100125
电　　话　010-85923025（发行部）　010-85923091（总编室）
经　　销　全国新华书店等
印　　刷　廊坊佰利得印刷有限公司

开　　本　880 毫米 ×1239 毫米　1/32
印　　张　8.375
字　　数　75 千字
版　　次　2024 年 10 月第 1 版第 1 次印刷
定　　价　68.00 元

作者简介

岳顺民，笔名心岳，1966年6月生于天津。理学学士，工学硕士、博士、博士后，文学作家、诗人、书者。

一路酸甜，左手笔、右手米，不才《心岳集》，又推《心岳词》。沧桑正道，点染锦图。努力餐饭，文字江湖。拼凑五言，自解糊涂：因知三两字，憋得几行诗。忙来堆故纸，聊赠一谈资。乐此千番味，痴于独立思。

我的兴观

人生有时候逼一逼自己，确实有莫大的好处。因着对文学的爱好、对诗人的憧憬，也强迫自己，述写了一些远方的味道，一不留神，记录了两本苦与乐的体悟。

有幸以《心岳集》，敲开了中国文联出版社殿堂之门，并与之结下了深厚情缘，尤其是与责编胡笋老师结交颇深。胡老师严谨厚学、谦逊坦诚。她以极高的热忱、超严的标准，投入《心岳词》的设计发行中，颇令我感动。胡老师说，词比律诗灵动跳脱，因此，书更要俊秀飘逸，故《心岳词》的封面、序跋、排版、装帧、内容展现，也更要有鲜明特点。

说心里话，我非常赞同胡老师的观点，因为我一直自认为是完美主义与现实主义的有机结合体。但是，这也确实给我提出很多挑战，比如序言的准备问题。曾经希望，也有过努力，请些大家予以品赏与推荐，终不可得，因而也就有了这篇文章。不过这也正好，满足了余秋雨老师的要求：作为一个文人总要写些文章吧。虽然，我不一定有资格自称文人，但我一直在努力的路上。

说说我老师唐云来先生吧。2017年拜唐老为师，学习书法，笔耕至今不辍。多年来老师的厚重底蕴、厚实学养、厚德为人，深深地影响并滋润着我，扶持并陪伴我一路走来。他在诗、书、画、文等方面，都有很高的造诣。在他的身上，我想看到未来我的影子，梦想总是要有的，万一实现了呢。

为什么要写诗？缘起单纯得很，就是因为，我写字总要有自己的内容可写吧。一但上手，真真有一叶扁舟漂泊大海的感觉，此时才切身体会到：『书到用时方恨少』『纸上得来终觉浅』。没有办法、没有捷径，只有咬牙塌下心来，从中国古典文学基础知识，一点一滴补起课来。慢慢地建立起『一』之后，才迎来第一缕曙光，后面的增量仍不可放松，仍需长期积淀。

如果现在让我谈些认识、体会、意义啊，等等，我没有深入研究，也说不彻底，更不能服人，仅从个人角度，简单来罗列几点，供大家批判。第一，写诗是掌握了一套方法后，养成的写作习惯。当然，它在一定程度上，把你的内心世界，铺陈在阳光下，与大千世界喃喃细语。这就引出第二点，诗词是思想通道。我们依之与文字诉说、与宇宙交流、与岁月和解，尽一份人的职责。第三，因为人的社会属性，所以我们需要沟通与分享。诗词很本分地为我们服务着、分享着即时的快乐，中和着那份底层的孤独。最后我想说，诗就是生活，人生就是一首诗。借由诗言志，不断延展小我，一路追寻那个大我而去。

我在敬仰苏轼、李白等大文豪、大诗人的同时，总有一个怪诞的想法。我猜想，他们满怀天下、满脑思想、满腹情怀、满身风骨、满手文章，因此他们提笔天成。他们才华横溢、不吐不快，要不我总觉得，他们憋得慌。反观自己是偶兴奇思、偶观世道、偶露傲骨、偶尔风流、偶得几字，舞弄些许点墨，红头涨脸，落笔艰难，也是憋得慌。虽然不在一个维度，境界悬殊，但『憋得慌』，也不失为一种创作动力吧。另外我大言不惭地认为，我们于家国情怀、社会反思、文化观察上，还是有相通之处的，而且，我们都是认真地用心去写。从这个角度看，也算是我作为后学，应该有的觉悟和态度吧。总得给自己一个前行的理由，不是吗？

海上有红日和鸥鸟、山间有溪流和花草、生活中有炊烟和你我，一切美好都需要赞美与回味。道阻且长，且行且坚持，最后用我的一首小诗搁笔吧。

我幸有坚持，光阴刻画时。

高平深俱远，我幸有坚持。

二〇二三年八月十八日

目录

第一章

第二章

第三章

第四章

第一章

壹

宜男草·诗心

品见诗心领惆怅。梦期怀、涌泉排浪。更多叹、有韵无言，须夜拈断徘徊天亮。

推敲寻路最痴望。进朦胧、退之依傍。何以堪、冲破迷烟，空谷逐水松琴和唱。

二〇二一年七月九日

贰

醉公子·年轻态

天命真身系，心颜而立寄。若是恋芳菲，时光恐不催。
令气无添岁，暗香迷自醉。兴至摘星晖，阶前对紫微。

二〇二一年八月十七日

浪淘沙令·一脉相承

烟火绕门庭，拾味轩楹。猫呈霸气显峥嵘。目染耳濡随日渐，一脉相承。

风正更潮平，特立帆行。寻根桃梗万千程。至性基因融血统，中正锋棱。

二〇二一年八月二十九日

肆

天净沙·胜寒

耕锄荒土无疏，汗淋花果连株。秀木深深结庐。再行高处，破云排雾芳孤。

二〇二一年九月二日

伍

字字双·乐家

蒙童拟文真复真。大宝微辞嗔复嗔。夫人心语吞复吞。恣情孟浪奔复奔。

二〇二一年九月十日

陆

钗头凤（变体三）·笑傲春秋

知春早，寻秋饱，结庐新灶炊烟袅。欢处诺，布衣各，赤子憨展，历年殷渥。乐、乐、乐。

灯芯挑，又天晓，腹中无墨空烦扰。冲关度，遇千壑，青丝霜染，笔耕寥寞。拓、拓、拓。

二〇二一年十月四日

柒

虞美人·旧照重念

风华意气惊风过，乍觉宽袍卧。烟云旧照演婆娑，隧道时光弄影、莫呵呵。　山怀水抱凡生个，乐与春秋破。一心无悔任跎蹉，眉黛舒安蹙卷、瑟琴歌。

二〇二一年十月十九日

满江红·诗旅寻踪

溯古先民，渔猎捕、宣情歌舞。夏商周、绳文礼乐，渐言风土。击壤弹歌三百采，楚辞汉赋诗音鼓。律唐成、豪婉宋词兴，双文圃。

周公撰，夫子辅。骚人烈，陶公亩。建安魏晋骨，风流灵府。仙谪悯悲封李杜，一蓑烟雨苏辛步。传载道、绝代逆遗芳，寻踪路。

二〇二一年十一月五日

玖

闲中好·放个假

琴书别，空手映蓝衫。拾得三天假，无心殷仲堪。

二〇二一年十一月十七日

醉公子·一湖月

中道觥筹布，酩酊几无数。诗酒共蕉梧，骋怀恣意涂。

以沫相濡负，闻山听语树。任那卷云舒，箪瓢月一湖。

二〇二一年十二月七日

壹壹

卜算子·寂寞离琴

秋风邀酒狂，绿绮孤灯盼。犹记初冬中指怨，一甲伤重断。

负重醉如痴，肤发怜相唤。与己倾心和解伴，努力加餐饭。

二〇二一年十二月二十二日

壹贰

长相思·静止

桃儿幽，柳儿幽。林默山空水荡舟，唯余鸟尽羞。

隔离愁，泣咽愁。梦里云烟神与游，可怜身自囚。

二〇二二年五月二十二日

壹叁

浣溪沙·自嘲：浣衣

村野沟塘稼穑间，穿泥碎草逐蛙欢，家持不觉立儿先。

老大衣餐追手口，劝勤妻道闹天翻，封中浣启旧时篇。

二〇二二年五月二十二日

壹肆

行香子·仁让

拓土开疆，雨露风霜。玉树芝兰素含章。丰登五谷，酱醋封缸。为君相忍，六月雪，一夫当。

仰观宇宙，生生以道，坎坷行行复沧桑。纵横天地，仁者无伤。独与沉默，弄疏影，暗飘香。

二〇二二年七月二十九日

壹伍

定风波·不悔

子夜催人未了情，一丝不舍为谁行?·点点星光争画影，不请，
长河漫漫赤心凭。　把酒欢杯当唤醒，会顶，东君谈笑话
阴晴。痴愿逍遥嘘暖冷，又省，良知叩问毕生萦。

二〇二二年八月十二日

壹陆

调笑令·杯酒

痴守，痴守，任尔金飞玉走。情仇爱恨依稀，空空只手酒杯。

杯酒，杯酒，流淌千秋不朽。

二〇二二年九月七日

菊花新·舍得

笔里乾坤存正道，弦上春秋藏变调。沧海泛飞舟，云遮绕、抚天临眺。　匹夫耕读清杯好，烟火间、梦无廊庙。鬓发渐沾霜，空手笑、释怀惟妙。

二〇二二年十月十三日

山花子·停一停

春卧香泥覆雪萌，风扬大海伴潮平。鸿雁征途亲水落，亦停停。

满案文章熬日夜，盈轮缺月扰魂灵。何不枫林温酒坐，再行行。

二〇二二年十月十六日

壹玖

菊花新·弄月依旧

腹墨无多珍敝帚，对镜清谈装秀口。三尺讲台间，闻童叟、附庸难守。

篱喧车马听残漏，诸子争、经弦诗奏。深柳更闲庭，铅华谢、弄月依旧。

二〇二二年十月二十五日

虞美人·心鉴

春秋棠棣精诚印，莫陷颜回困。和谐律吕奏天音，日久路遥品外、鉴知心。

江湖不染芙蓉韵，最美唯清慎。润身修德炼浑金，以镜以人观内、证真心。

二〇二二年十一月二日

贰壹

十六字令·飞

飞，不只扶摇上紫微。风如弃，索性九天栖。

二〇二二年十一月四日

贰贰

小重山·证道

得意春风接踵逢。任其金榜幻、十年同。题名洒洒证千重。帆正起、泛海任无穷。　文武两番功。笑言身一统、梦非空。诗书太极玉琴钟。堪回首、执着苦行中。

二〇二二年十一月十二日

贰叁

浪淘沙令·成长

岁月取无酬，自在童游。一分叛逆两挠头。雪鬓青丝相娓娓，代际平眸。　弃辩路桥优，意领心收。眉舒不觉有千秋。浪破帆扬身并立，共掌风舟。

二〇二二年十一月十五日

贰肆

山花子·纵横

云梦王禅鬼谷行，云遮雾绕纵横凭。风口随身自捭阖，任豪情。

诗笔峥嵘苏子赋，不惊宠辱古今朋。明月观心通达若，照澄泓。

二〇二二年十一月十七日

贰伍

浪淘沙令·莫逆于心

落日水边琴，归鸟听林。清流泉涌落埃淋。孤影云行堪绝世，何处知音。

寂寞染青衿，独立风吟。遥相一笑各商参。天地当融他你我，莫逆于心。

二〇二二年十二月三日

贰陆

霜天晓角·难两全

抛家屡弄。蹄奋鞭未动。难顾两全深种，无以语、愧且痛。

率众。肝胆奉。一诺一圆梦。遍植梧桐巢凤，扫天下、风雨共。

二〇二二年十二月四日

贰柒

山花子·无用之用

庠序千秋大学经，明心明德士公卿。今问题名谁博士，布衣丁。

可叹不时仍有语，百无一用是书生。指点江山无用用，地天惊。

二〇二二年十二月七日

一剪梅·绝世孤单

隐隐离游尘世边。孩提加冠，孤处蹒跚。随音合律苦心酸，四顾茫茫，莫逆阑珊。

渐渐回归无我关。花开花落，游戏人间。悠悠天地伯牙台，相忘江湖，绝世孤单。

二〇二二年十二月九日

贰玖

十六字令·凡

凡，息作如饴岁月涵。和天地，若定自神坛。

二〇二三年二月一日

叁零

定风波·必然

深涧平沙亦浅滩，生涯随遇任成弯。云起一时听雨令，我命，相生万物使相安。

三五星稀天至性，非证，登高见远自乾乾。未料始真皆所幸，心镜，同当日月本来圆。

二〇二三年二月二日

叁壹

醉公子·我心即我神

几多烦恼困，放却余游刃。自解自班门，我心即我神。

始终坚一信，任他千百问。来往事纷纭，平衡天地人。

二〇二三年二月二日

叁贰

点绛唇·人生驿站

一样春秋，风烟云墨千奇色。任何画帛，主笔添心魄。

萍聚随缘，你我天生客。于阡陌，流连不迫，驿驿谋新获。

二〇二三年二月四日

山花子·升华

七窍玲珑只影郎，翩翩逸动子衿裳。月伴孤舟若耶女，画中藏。

巧笑依稀和厉色，生香顾盼勉为王。手捧一家烟火气，出厅堂。

二〇二三年二月五日

叁肆

画堂春·家是团圆

元宵鞭炮闹连更，同堂恍若离经。血亲元始惜人丁。家老新称。

一缕炊烟企盼，风尘千里回灯。重温寒暖慰平生。百善心听。

二〇二三年二月七日

叁伍

山花子·舍与得

水不争高自海盈，月凭圆缺动人情。冷暖循环皆所授，本天成。

苦乐加身千百炼，是非掷地赤心诚。舍得相生皆所得，道平衡。

二〇二三年二月九日

叁陆

清平乐·我为

冥冥大道，常态平衡靠。一点有为多点耗，消长循环律调。

求索上下维艰，天生傻干无边。扑火飞蛾绚烂，何须在意阑珊。

二〇二三年二月十三日

醉花阴·寄笔情人

那年此日情人寄，与笔临池会。五载笃无欺，米体依依，拟古痴心醉。

这年此日前缘你，共把初心倚。此日待来年，再捧玫瑰，执子留香启。

二〇二三年二月十四日

叁捌

眼儿媚·春在心间

花径徜徉布衣单，莫扰梦中仙。忘些冷暖，淡些肥瘦，春在心间。

闲持岁月清狂铸，恣意弄云烟。乐于山水，敏于眷念，美在身边。

二〇二三年二月十五日

叁玖

定风波·不负轩辕

沧海桑田幻化前，可怜虫草夏冬眠。地作床来天作被，蒙昧，相同金井不同栏。

攘攘熙熙名利累，非罪，但应理得且心安。历史轮回钤印记，无愧，吾生绝不负轩辕。

二〇二三年二月十六日

肆零

金字经·行天下

撇捺行天下，本根微粒尘。风雨浮沉沐洁纯。贫。总须一点痕。光阴寸。大千精彩闻。

二〇二三年二月二十八日

肆壹

风流子·知足

金榜洞房花烛，富贵功名锦服。劳力瘁，事奔波，碌碌人生何逐。耕读，听竹，静气空心当足。

二〇二三年二月二十六日

肆贰

醉花阴·修行人生

风风雨雨随漂泊，相搀沟与壑。与子抖凡尘，浅笑偎依，执手随星烁。

省身律己无添恶，履践平生诺。百善首于家，兼爱人他，一路修般若。

二〇二三年三月九日

肆叁

醉花阴·陪你长大

随手涂鸦工作照，几笔开基调。写意懒铺陈，布白张扬，勾勒风神妙。

柳裁水墨咿呀早，总把花时扰。豆蔻自春芳，出落天成，始觉无为好。

二〇二三年三月十一日

肆肆

喜迁莺·聊赠一谈资

枕经典，不相知，点墨布参差。拈来平仄憋词诗，君莫笑东施。

走春秋，追飞絮，几字灵犀来去。书香盈手捧于斯，聊赠一谈资。

二〇二三年三月十五日

肆伍

人月圆·南开遇见

莘莘学子纤纤竹，一节一重关。攀于绝壁，行如蜀道，独立云间。　劳筋苦志，斤斤学问，总角加冠。南开遇见，风潮两代，妙到毫颠。

二〇二三年三月十七日

肆陆

人月圆·片语狂谈

千秋三立言功德，史鉴至苛严。人微事细，才疏志短，抱憾怀惭。

行于坚守，思于点滴，若泰平凡。偶然片语，粘连梦得，贻笑狂谈。

二〇二三年三月二十二日

浣溪沙·任斑斓

惜取春烟一缕缘，随他点染自朱颜，生香岁月任斑斓。

笔卷青衿舒气韵，琴弹清骨和心弦。交相咬字啃诗田。

二〇二三年三月二十三日

肆捌

虞美人·调理

古方几味调三素，大蒜生姜醋。柠檬解意共徜徉，肚里乾坤上下、洗肝肠。

任他热血烟云布，浸透铅华悟。静心涵养敛锋芒，世外桃源左右、鉴方塘。

二〇二三年三月二十六日

肆玖

相见欢·问学

驱车宝马伊人，沐春晨，桃李南开满路、叩龙门。

挽云鬓，求学问，黛眉颦，点染香尘几度、不群群。

二〇二三年三月三十一日

伍零

虞美人·题名

春风一夜新桃绽，相映新人面。燕栖梁上伴仃伶，踱步门中
捧卷、问题名。　一分料峭三分灿，曲径清幽现。泰然孤
独向前行，风起飞扬正是、自鲲鹏。

二〇二三年四月四日

伍壹

南乡子·鹤趣

驿旅夜芭蕉，风雨天涯浪迹漂。弹指一程凡羽舞，松涛，清气和谐雅正操。

行道立新标，六艺初萌墨客骚。九十赋闲凭烂漫，多娇，以沫相濡伴九皋。

二〇二三年四月四日

伍贰

定风波·著书有感

出浪堆花同闹江，翻涛卷雪弃芬芳。水笔经川描大地，恣意，一波三折始洪荒。　风雨彩虹相次第，默契，春秋起手写文章。句读穿行遭苦罪，莫弃，浮云过眼自阳光。

二〇二三年四月十九日

伍叁

蝶恋花·著书回味

便即重来仍不悔。月洗霜华，苦乐皆甘醴。侃侃争相无所以，珠玑字字芝兰体。

那缕牵丝撩止水。又沐清晖，楚楚心何倚。款款而行谁梦里，情深一往冥冥起。

二〇二三年五月五日

伍肆

阮郎归·风云春秋

春生夏长各开篇，嬉勤取舍间。风花迷雾醉蹒跚，廪空却怨天。

霜华路，苦心煎，纷繁故事编。风云风月竞千般，乾坤莫自圈。

二〇二三年五月七日

山花子·采风初启

问史长河觅迹游，虔心拜谒别无求。羞涩皮囊装点墨，胜云裘。

对话千年融古镇，余音成字赋闲愁。清骨迷痴崇魏晋，解风流。

二〇二三年五月十一日

伍陆

阮郎归·落水记

春缘破解渡河题，整衣落水泥。一船懵懂誉飞姿，波牵两缕丝。

关关笑，窃心知，飘零那点痴。来还前世偶相思，烟回各自诗。

二〇二三年五月十四日

伍柒

山花子·一扁舟

故事封尘味道幽，涟漪排浪度春秋。岁月朦胧新梦逐，一扁舟。

对立平衡原世态，风云涤荡万千愁。美感相生多蕴藉，恰风流。

二〇二三年五月二十五日

伍捌

醉花阴·难为己

蝶与庄周推一理，谁为身本体。梦入万家常，爱卧黄粱，枕待财如水。

可怜我梦来相比，数术推原委。既在五行中，烟火人生，何苦难为己。

二〇二三年五月三十一日

伍玖

江城子·学术思维

相同文字骨筋皮，化神奇，定因谁。文曲巡来、意韵满天垂。妙手相争终偶得，还释卷，又肠肥？　人生天地一盘棋，纵横移，破迷题。跳出纹枰、俯瞰小须弥。学术心中多宇宙，稀洞见，贵思维。

二〇二三年六月三日

陆零

小重山·美感

万物相愉有本因。凡中藏品味、更丰筋。寻常不觉但稀珍。观可爱、特质铸真身。　灵性自温醇。修行参彻悟、塑形神。天生大美满乾坤。观内在、美感浸灵魂。

二〇二三年六月七日

陆壹

卜算子·碧草微风

躬身一缕风，意挑些微草。烟雨晴川总不孤，左手芳华好。

独步走四方，寂寞天涯扫。岁月乾坤任纵横，右手江湖小。

二〇二三年六月七日

陆贰

山花子·生日高考日

泼墨云天北到南，夹风带雨布烟帘。更放沉雷喧八度，约谁谈？　几缕临窗敲寂寞，万千学子卷中潜。恰与青春同写意，两非凡。

二〇二三年六月七日

阮郎归·两代游观

行囊拾起少交叉，风云各自抓。眼中相互映奇葩，又加月掩纱。

一方水，你蒹葭，人家油焖虾。相同世界不同花，殊香两代差。

二〇二三年六月十四日

行香子·家风

把墨谄诗，琴瑟徜徉。声乐岐黄出厅堂。青春文字，恣意阳光。碌碌忙忙，邀岁月，酿琼浆。

求知问学，孜孜两代，满室芝兰更书香。修齐以志，体健心康。渐起家风，三妙笔，各云章。

二〇二三年六月十六日

陆伍

人月圆·算法人生

时空万物横阡陌，交错序无争。相安以处，相融以道，算法人生。　纵横有界，随缘有灭，顾影伶仃。偶然普遍，清空是念，自若心灯。

二〇二三年六月二十九日

陆陆

画堂春·水烧干

一锅清水起烟飘，兴来药热三包。念飞神走九霄抛。只剩干烧。

难得几分逸致，少些身外心操。任他松竹与蓬蒿。各领风骚。

二〇二三年七月二日

霜天晓角·够用最好

往来颠倒。取舍皆烦恼。更有逢源左右，殚精虑、催人老。

多少。适度讨。九五太虚渺。消长阴阳参考，恰够用、最为好。

二〇二三年七月五日

阮郎归·回味

前尘转瞬便依稀，心回身不归。拾来足迹趁相知，抽丝捻作诗。

山向远，月披晖，烟生花落溪。风云摇曳草萋萋，逍遥沾露衣。

二〇二三年七月七日

第二章

陆玖

如梦令·雨透

苦雨绵缠夜昼，毕宿随心句读。万木挂清珠，风烛相携豆蔻。

参透，参透，红绿各安肥瘦。

二〇二一年七月三十日

渔家傲·赶海记

海潮远歇融天线，人潮漫遍拾滩岸，鹬蚌不争泥覆面。听滴汗，携妻执子躬身盼。

相隔银鸥汀一片，翔飞啄落寻餐饭，偶递声邀同烂漫。立云栈，无心洲渚知吾念。

二〇二一年八月二十三日

江城子·重庆游

双重喜庆另春秋，蘸江流，写千愁。梦笔惊风、夜雨厌诸侯。
一地烽烟牵雾伴，巫山女，奈何求。　今城水抱胜瀛洲，
玉龙绸，绕琼楼。望尽飞舟、剪烛倚窗羞。烟火香飘灯万里，
唇辣辣，念悠悠。

二〇二一年九月五日

柒贰

字字双·大熊猫

绒绒黛妆萌又萌。滚滚圆圆膨又膨。垂涎青竹擎又擎。卧龙醉客伶又伶。

二〇二一年九月二十一日

柒叁

秋蕊香·秋分

日月无争更鼓，雷隐千虫回府。麦耕瘦草描平楚，点染水山妍妩。　半分秋色随归暑。寒烟吐，携风弄雨红脂抚，醉地迷天梦汝。

二〇二一年九月二十三日

卜算子·冬之韵

堤铺疏影长，水映枯莲貌。风挽芦花洒墨痕，抚演清寒调。

乌鹊北枝吟，麻雀寻餐闹。勾勒龙睛唯点妙，恰在晴阳照。

二〇二一年十二月十二日

柒伍

小重山·北京冬奥

莹雪清冰恰立春。百花团六瓣、广迎君。万千倾倒小墩墩。竞中敬、众乐赛金银。

世事正纷纭。映红中国结、耀星辰。艳惊双奥绝无伦。曦光照、天下一家人。

二〇二二年二月二十一日

渔歌子·晚桃

桃红春暮两三株，披蓝描翠赛罗敷。姗姗步，画眉殊，生生写意醉荣枯。

二〇二二年四月十五日

渔歌子·春叹夏

绯红一抹悄然生，欲待抛梅已伶仃。望滴翠，纳鸣听，漫洒槐香却不惊。

二〇二二年五月七日

柒捌

小重山·路遇珍珠梅

一抹斜阳压树巅。随风东去远、染云端。离枝桑葚草儿攀。梅香处、素艳婉如仙。　垂首更躬弯。虔心描画影、梦魂牵。归巢燕子敛声观。谁相促、袅袅现炊烟。

二〇二二年五月二十五日

念奴娇（变体一）·蓟州风韵

上中元古，记寒武、随禹疆安州建。古塞居边，朝代换、唯有干戈不断。唤醒城关，烽烟写意，染绿江山面。曾经沧海，再书雄笔长卷。

唯美桑杏争春，柿霜秋染透，胡桃心瓣。雨打平林，烟气荡、凝翠溪河离涧。爱下江南，千般未至恨，此间消散。观山还是，与归清韵云汉。

二〇二二年六月二十六日

秋蕊香·秋丝

湛湛一汪如洗，朵朵卷舒无矣。风回漫洒清凉醴。可梦那番缘起。

轻披澄爽融天地。恰瑰丽，千杯锦绣凝脂醉。谁与云端相对。

二〇二二年八月二十四日

甘草子·农事吟

场圃，碌碡翻旋，稼穗如波舞。逆势起飞扬，秀实回仓府。

相觑默然无分黍，慨以叹、桑麻情苦。天地生生赐甘乳，怎可根离土。

二〇二二年九月九日

捌贰

画堂春·空灵婺源

呢喃吴楚话悠长，羹鱼饮稻行藏。古烟徽镇锁苍茫。只影桥廊。　愿带南枝越鸟，任他何季何黄。跨天踏岭几娇娘。梦晒秋粮。

二〇二二年九月三十日

平湖乐·湖畔夕阳

一湾清照影琳琅。木草披红向。羞与芦花浅声唱。立斜阳。

轻衫闲步相依傍。采风无量，追云逐日，天远任徜徉。

二〇二二年十月十七日

山花子·钓秋风

双子清塘五彩中，西阳叠影碎波峰。鼓荡丝纶垂一岸，钓秋风。

手把闲情浑入静，凝眸碧照纳云踪。烟紫霞红融止水，放心空。

二〇二二年十月二十六日

捌伍

山花子·花为谁开

抚碧凝嫣顾盼猜，抛香舞袖不藏乖。却换阴晴随月闭，怨嗔呆。

纵使君施清苦露，依然浅笑映桃腮。旋抹红妆犹只影，为谁开。

二〇二二年十一月七日

菊花新·花为谁落

蔽日浮云争扑朔，障目垂帘一叶若。风起有其时，归本色，尘埃阡陌。

盈盈清翠纤纤弱，红梢头、俏妆花萼。待放向东隅，却别枝、为谁而落。

二〇二二年十一月十一日

捌柒

寻芳草·菖蒲吟

枕石抱灵素。恋山野、自凝清露。洗风尘、滴翠施薄雾。任偏居、苦寒悟。

恣意绿梳妆。碧蓬绽、一帘情愫。叹繁花、眷念无常顾。芳歇渡、依然护。

二〇二二年十一月十四日

南乡子·农舍情

少小博功名，豪气盈怀四海行。堪把苦身修且立，初萌，坊市烟郊意属衡。

轩外绕云腾，顾影喧然自囤囹。小院草堂乡土梦，回萦，再启生涯未了情。

二〇二二年十一月十五日

南乡子·云南双女行

北树正凋零，梅岭南迎一瞥行。飞落丽江临大理，娉婷，争艳双姝孔雀屏。　遥想玉龙廷，欲上青云沐雪莹。怎奈我身牵与绊，叮咛，旅疫传书寓画情。

二〇二二年十一月二十四日

玖零

虞美人·泸沽湖

为偷仙境山横断，恰作人间砚。凤林丽鸟写层层。破入烟湖水墨、与天成。

鸳鸯戏逐云峰颤，夜暮双神恋。纳西儿女走婚仍，月下闺中夫婿、妙缘情。

二〇二二年十一月二十五日

玖壹

生查子·最难数星星

万里隔山川，仅递寻常照。难得格律成，两女声声笑。

涎滴气锅鸡，腹饱诗无教。举目数星星，过五从头报。

二〇二二年十一月二十五日

玖贰

蝴蝶儿·神女沐浴

香草浮，霭烟流。一湖柔抱欲何求，仰天似忘愁。

鸥鸟怜相叹，涟漪荡睡舟。神思随往那仙洲，触怀难再收。

二〇二二年十一月二十六日

玖叁

人月圆·情人滩

后龙格姆泸沽向，羽化鹊桥仙。人间天上，何如岸树，并蒂同欢。　一湾清旷，星星点点，垂泪阑干。无声独立，凭风惆怅，多少心酸。

二〇二二年十一月二十六日

玖肆

望仙门·竹枝伴游

纵情舒意十余天，未阑珊。点苍洱海绕云烟，醉如仙。独自家中坐，闲来梦得身边。你临其境我铺笺。我铺笺，飞落一篇篇。

二〇二二年十一月二十九日

玖伍

水调歌头·记游大理丽江

序 闺密一双，大理丽江。纵情山水，采风四方。独自在家，梦景云窗。照片鸿飞，灵犀闪光。亦学梦得，竹枝记纲。分记水性杨花、走婚、茶马古道、洱海、风花雪月、喜洲古镇、大理、苍山、沙溪古镇。又填水调歌头，九首钤章。

北方叶正落，南国客来欢。纵情牵顾，览胜吟笔两重天。丽水铺陈画布，大理长亭谢幕，挥手把云烟。梦得风情赋，九首竹枝攀。

洱海抱，走婚俏，夜苍山。风花雪月，古道茶马意阑珊。水性杨花清骨，大理归真返璞，千载喜洲观。忘返沙溪镇，霞客赠毫笺。

二〇二二年十二月一日

玖陆

一剪梅·堂中竹

独立堂中日月观。边红侧绿，寂寞其间。幽幽怀愿透云窗，叠叶层层，高节翩翩。

冬洒舒阳入室欢。漫抚西东，写影春般。一心向上自无偏，纵使尘牵，亦梦追天。

二〇二二年十二月四日

玖柒

蝶恋花·猫客之道

美短中堂迎布偶。君子谦谦，颔首纤尘抖。几句寒暄随处走，楼床中意期长久。

白影轻移相望吼。王者之规，来客当遵守。列土封疆重计亩，桃园结义吾为首。

二〇二二年十二月九日

阳台梦·暖阳随感

卯阳倾洒温文抱，未时玄感丝寒绕。屋中光影扮氤氲，仲冬描夏貌。

阴阳消长奥，如法天人映照。我心随念一灵犀，体悟平衡道。

二〇二二年十二月十五日

玖玖

破阵子·披挂水裳

冬至风楼回响，洗衣沐浴欢淋。表里含香时自得，粗锦加身件件擒。空余裤子寻。

地不灵天不应，冷飕飕汗涔涔。重拾水裳披挂起，步履蹒跚铁石音。我行由我心。

二〇二二年十二月十八日

雪花飞·冬雨

时大寒殊未冷，姗姗雪梦中飞。风倦无声数九，淫雨愁杯。
天欲翻而覆，随他自忘机。梅树含香我顾，直待春归。

二〇二三年一月十三日

壹零壹

醉公子·小年亲亲

久违鞭炮味，蹒跚经一岁。三九雨归来，千家洗灶台。
挨家挨户递，阿哥阿姊慰。烟火旺薪柴，新桃写鼎槐。

二〇二三年一月十四日

壹零贰

浪淘沙令·连年有余

日历复开元，苦旅流连。星光灯火抢身前。载舞载歌喧鼓乐，
手捧丰年。　刹那一清闲，腹拟宣言。空杯更待溯源泉。
驿动初心披料峭，阔步峰峦。

二〇二三年一月十七日

壹零叁

喜迁莺·玉兔琼瑰

君行健，意难摧，跌宕满装杯。白驹临隙也依依，清影漫萋萋。　车马龙，烟火气，祥瑞氤氲天地。春秋笔墨写新机，玉兔抱琼瑰。

二〇二三年一月二十一日

一剪梅·牡丹仙子

不占春芳不纳忧。凝脂叠彩，绝世心收。一枝随意百花羞，艳艳乾坤，妩媚春秋。　碧海灵槎仙子舟。绰约翩翩，独立清幽。城乡山野语闲鸥，落落人间，更胜璇州。

二〇二三年一月二十四日

壹零伍

虞美人·疫后初行

天涯无碍舟车任，处处无门禁。大方咫尺卸戎兵，礼道循行依旧、尽和声。　东风寂寞孤芳恁，三载怜相甚。踏青思旅弄云舭，天地人亲松却、与风轻。

二〇二三年二月八日

壹零陆

醉花间·亲相亲

多多女。独生女。姑表疏无语。花样各年华，豆蔻孤行旅。

血脉自些许。老翅遮风雨。温言遍叨叨，适合天怜与。

二〇二三年二月十二日

壹零柒

踏歌词·一抹青绿

青绿江山远，丹心一笔间。飞扬铺本色，风骨立云天。相遇任何年，顶礼自心田。

二〇二三年二月十九日

捣练子·一枝花

枕大地，沐风沙，君子相携共起家。芳草天涯何处去，为伊栽得一枝花。

二〇二三年二月二十日

壹零玖

捣练子·细雨歇

细雨歇，瘦伶仃，欲化飞虹物语听。乘得青云偷七彩，遍施春色惹鸣声。

二〇二三年二月二十一日

壹壹零

凭阑人·归燕

绿意黄枝抱柳台，飞燕衔泥春色裁。归梁一只来，等闲愁两怀。

二〇二三年二月二十二日

蝴蝶儿·幽兰

空谷兰，立青峦。鸟深林静水潺潺，更闻暮鼓禅。

风起云飞舞，清香一缕缘。人间灯火有阑珊，任他离舍难。

二〇二二年二月二十四日

壹壹贰

凤孤飞·春步浅

日影照持归晚，绿懒披衣短。又是红妆缱绻，恣意纵、春心暖。

一缕烟痕双足拣，香尘起、路深步浅。莺燕随飞同辗转，向谁舒眉展。

二〇二三年三月一日

壹壹叁

眼儿媚·刹那娇娘

梅杏桃梨海棠将，不让点春芳。鹅腮轻粉，攀枝抢叶，翘首凝妆。

风遗无奈香遗恨，刹那一娇娘。红消绿染，烟空影净，谁是情郎。

二〇二三年三月二十一日

壹壹肆

菊花新·惜今芳

一觉莺回还恨久，刹那春魂希不朽。寻得梦中缘，青烟踏、香尘随走。　　花间拾影重回首，奈寂寥、谁相知否。且莫感时伤，惜今芳、捧盈于手。

二〇二三年三月三十日

壹壹伍

霜天晓角·春光一院

春光一院。浮想寒门传。草懒花疲影倦，衔泥燕、他人殿。

蝶变。峰路转。嘤嘤满家苑。桃李梧桐烂漫，织画卷、光阴箭。

二〇二三年四月七日

壹壹陆

画堂春·北美海棠

中原本土点酥娘，同宗异域姿狂。满枝花簇紫衣裳。远嫁重洋。　　引线穿针蜂蝶，抛香吐艳牵郎。落英之子起榴房。秋弄琳琅。

二〇二三年四月九日

临江仙（变体一）·尘烟一点红

一夜倾奔天尽染，黄烟万里胧朦。只因草木水山穷，为寻春色，背井客家逢。

凭窗谢却风尘扰，小锄闲执司农。盆盆朵朵掩丛丛，心中方寸，净土自花红。

二〇二三年四月十一日

壹壹捌

留春令·贵州四女行

杜鹃啼梦，拾芳远赴，惜今春暮。驿动行囊起须臾，四家女、奔无顾。　落脚飘烟香草墅。味道黔风布。千载余音绕津梁，夜郎又、遥相赋。

二〇二三年四月二十一日

壹壹玖

山花子·与游贵州

宋敕名州古韵藏，盛装山水百花床。几只金猴温礼让，待萧娘。

随落情丝千万里，时空太白与徜徉。蠢蠢数行言载道，傻诗郎。

二〇二三年四月二十二日

水仙子·黔西双瀑吟

西天降下陡坡塘，吼啸飞临果树黄，云烟万里虹桥荡，仙凡接境藏。　　凌风沐雪淋霜，青山向，盛乐章，洗炼心光。

二〇二三年四月二十二日

壹贰壹

鹊桥仙·荔波七孔桥

藤衣蕨袂，七弦吟唱，拉雅垂帘落帐。青烟玉镜更鸳鸯，翻花絮、春波别样。

闻香拾语，客心流水，且把红尘尽放。偷来一孔架云桥，仙缘递、人间天上。

二〇二三年四月二十三日

壹贰贰

蝶恋花·西江苗寨

叠翠云阶天际线。苗寨炊烟，画入青山卷。千户余音千载伴，吊楼娓娓游方恋。

月拥星灯相璀璨。洒影街廊，似梦时空幻。风雨桥头风雨岸，谁牵白水春秋砚。

二〇二三年四月二十五日

壹贰叁

望远行·镇远古镇

镇远千年实至名。河穿双岸北南营。风烟写石画云屏。群山
环抱水中城。　添薪火，纳宾朋。侗家民宿野餐行。渔舟
溪畔望江亭。香飘花舞更风情。

二〇二三年四月二十六日

壹贰肆

花上月令·下司古镇

云浮青绿吊楼垂。满江媚，众生迷。大儒商贾星罗布，百千姿。清水挽，沐良知。

斑驳石街多少影，添一抹，写诗题。与山静静闻烟火，把矜持。道心悟，地天时。

二〇二三年四月二十六日

壹贰伍

天净沙·梵净山

红云金顶图腾，杜鹃弥勒松亭。十亿春秋纵横。绝尘心净，
梵音天籁初萌。

二〇二三年四月二十七日

青玉案·青岩古镇

小城史记青岩纸，石庭院、重檐起。街巷深幽斑驳邸。斜阳墙岭，古门风止，日暮闻炊米。

状元及第书香启，论语人家栉邻比。灯火连廊烟影几？轩窗钟鼓，禅和诸子，捧钵安于此。

二〇二三年四月二十九日

壹贰柒

柳梢青·杨柳青古镇

家宴还酬，运河春暮，拾趣闲游。大院遗风，云烟拂面，一抹温柔。

曾经千载帆流，杨柳岸、兰舟画楼。更想儿时，蜻蜓鱼影，几缕乡愁。

二〇二三年五月一日

巫山一段云·片云片雨

云压层楼暗，风牵水汽低。瞬间瓢泼弄烟飞，路中不及归。　雨落东城弥漫，日落西城霞烂。阴晴左右总相间，心平自丽天。

二〇二三年五月十五日

壹贰玖

山花子·采桑葚

蝶梦翩翩伴早餐，无清无醒近痴癫。好在相嘲仁者乐，自青山。　两下攀缘桑葚逐，翠屏紫艳滴嫣然。陌上何来秦氏女，只炊烟。

二〇二三年五月二十九日

壹叁零

山花子·雨夏一夜

流火连天烤又蒸，一瓢泼洒几多更。洗尽云踪重对日，盼凉清。　最是春秋花百样，无常总使有常生。但把心安宁静处，自风轻。

二〇二三年七月四日

第三章

浪淘沙令·鼎立二二二

跃步上青云，眼放苍垠。九千愿果济仁人。发轫三严多向己，未负佳辰。

文化筑根魂，大器纯纯。先锋自信不群群。谱系韶华新境界，鼎立壬寅。

二〇二一年七月十一日

壹叁贰

霜天晓角·忆庚子端午

眉间楚楚。身苦心亦苦。犹记去年端午，三夜昼、战一鼓。　渔父。如再顾。当生芳华妒。无奈时而无助，仍不悔、多彩路。

二〇二一年七月十三日

壹叁叁

风流子·又七夕

凄美双星绝艳。枯守相思兰焰。空岁梦，满冰心，衣袂子衿天堑。痴念。情酽。云汉悠悠怜鉴。

二〇二一年八月十一日

壹叁肆

清商怨·战疫战

无端尘垢蒙字母。病毒牵连走。遍野哀鸿，西方嘴脸丑。

阴埃更需铁帚。任鸡飞、痛打疯狗。傲立林巅，东风吹抖擞。

二〇二一年八月十三日

壹叁伍

破阵子·七夕蝶变

炼字披星乞巧，文章锦绣豪情。年少风华多正是，忍放空桥鹊梦萦。经年几度曾。

磨砺青锋特战，会当绝顶峥嵘。破茧重重今蝶变，望眼行行万里程。天高任纵横。

二〇二一年八月十五日

壹叁陆

浪淘沙令·破茧

物物自含章，剥茧萤窗。运筹纲举目千张。全局一城于厚积，拓土开疆。

曝背事田桑，点染芜荒。春秋笔梦洒清香。万世一时珍不待，长路流芳。

二〇二一年十一月十一日

浪淘沙令·年终盘点

春汗染秋冬，不论名功。无须公令蔚成风。颠倒衣裳深积厚，盘点年终。

耕获乐由衷，暂放轻松。合当重置一杯空。苦辣酸甜翻百味，荡涤心胸。

二〇二一年十二月三十一日

壹叁捌

喜迁莺·再启新篇

别辛丑，舍离依，载获望春归。宜家重阁景星随，君待燕衔泥。

纳壬寅，行大器，鼎立飞扬谱系。功成有我众心仪，龙兴凤举齐。

二〇二二年一月七日

壹叁玖

浪淘沙令·数字长征

双碳恰方兴，破竹蒸蒸。国之大者请长缨。张北风飞何弄影，京炫华灯。

斗浪弄潮升，业业兢兢。虚空浩荡纵神鹰。鼎立云台牵万物，数领长征。

二〇二二年一月二十六日

壹肆零

定风波·贴身战疫

序

辛丑壬寅之交，状如己亥庚子之况。同是春节将临，又当满城欢庆。忽逢奥密克戎，祸及津门。值此艰难之际，全城上下，万民同心，战疫速果。乘胜复工关头，比邻街区，病例再现。全体将士，紧随号令，全面迎战。全员排查、只进不出、相对静止、轮防部署，紧张有序。事危急，势井然。夜色尽，曙光现。冬将去，春正来，百花含香以待。词填《定风波》再记。

明月何曾同照江，春迎两度疫情伤。病例邻街相隔望，天降，披星斗战弛中张。　坚守八方兵与将，硬仗，温情电网佑安康。寒夜津城灯火亮，心放，烟花万户送祥光。

二〇二二年一月二十七日

壹肆壹

小重山·假非假

序 元旦春节，在岗连流。五一十一，庆典春秋。端午七夕，无暇起愁。文化之于管理，数载悠悠。解之于道，求索根究。适逢三八，如故不休。假日特战如斯，记之以留。

岁旦经年节假多。挑灯而运箸、忘笙歌。期斯丽日舞婆娑。
三八又、无外复耆磨。　苦旅更蹉跎。化文于管理、结丝萝。山重雾锁阻巍峨。四博士、寻道解融和。

二〇二二年四月七日

壹肆贰

应天长·信与服

设问信乎而服否？坎坷周公甘吐哺。体其难，味其苦。痴愿德风倾百亩。

立松巅，瞻远瞩。换位竭思相鼓。廪实香飘稷黍。行道别渔父。

二〇二二年四月九日

壹肆叁

浪淘沙令·乔迁

独院拓新扉，双宇连辉。书堂深柳闹中栖。念念加冠终户立，一醉千杯。

游子洗尘灰，喜鹊迎归。聚其乔木感时催。鼎立临峰重抖擞，续写丰碑。

二〇二二年四月十六日

浪淘沙令·摇篮

联手起师坛，治学从严。兵棋实战广包涵。三尺讲台连四海，圣地摇篮。

游凤聚廊檐，西北东南。方塘半亩一心潜。点滴平常于厚积，走向非凡。

二〇二二年八月十七日

壹肆伍

小重山·再登高

影剪蓝屏旦达宵。千般皆不舍、尽奇招。支支战队彩旗飘。历风雨、破浪勇争标。　岁月铸天骄。基因融血脉、领风骚。激情满满自燃烧。永求索、临顶再登高。

二〇二二年八月二十七日

壹肆陆

花非花·一路大礼花

空中花，火中树。蕴暗香，因何顾？拈来烟雨写春秋，为揽风云随一路。

二〇二二年八月二十九日

壹肆柒

浪淘沙令·行稳二三

破路敢为先，点化平川。嫣红姹紫竞千般。仗笔书生携剑胆，意写江山。

癸卯怎谋篇，美感其间。从容阔步带轻烟。仰止星河邀玉兔，行稳峰巅。

二〇二二年八月三十一日

壹肆捌

浪淘沙令·筑梦者

一梦历三冬，耕获匆匆。无华锦色笔天工。遍起云台星汉妒，
数字先锋。　斗浪更迎风，妙弄情钟。开来继往复重重。
策马腾冲双碳境，筑路苍穹。

二〇二二年九月二十日

壹肆玖

画堂春·构图说

油然观想漫云屏，随心骨体阡横。扯筋牵脉铸身形。画影初萌。

勾勒神来真意，点睛烟火常名。更期一笔写魂灵。妙境天成。

二〇二二年九月二十一日

壹伍零

浪淘沙令·遇见二八

历法演乾坤，天地时分。干支节气始为根。遍洒光阴均物候，岁月无君。

秋获再耕春，四季殊珍。非凡朝暮盼殷殷。布放烟花何待日，二八唯尊。

二〇二二年十月十九日

壹伍壹

定风波·文化味道

万类洪荒竞择优，农耕渔猎御寒羞。礼祀经纶邦国路，破雾，能贤圣哲雨风舟。

润物无声文化赋，阔步，在明明德本根修。华气氤氲天地布，佑护，势坤行健掌春秋。

二〇二二年十月二十八日

壹伍贰

菊花新·吾道不孤

学问功名投一笑，鲁钝凡才寻常貌。无意出平林，根植厚、风起年少。　蓬门池墨云烟绕，对月闻、水山松照。守朴又清狂，幸天怜、不孤吾道。

二〇二二年十一月一日

壹伍叁

小重山·立标

授业条条细准绳。五车文解字、入银屏。耳提面命课随行。功当代、砥砺奠基诚。

初道若鸿蒙。书山峰万仞、上峥嵘。汪洋数海泊仃伶。利千载、行稳立传承。

二〇二二年十一月十五日

壹伍肆

山花子·怨弹窗

古道驱车向北方，临行切问妥停当。只影离群声声怨、正弹窗。

一份关情牵两地，蓬山不似比刘郎。独坐幽怀从未了、自绵长。

二〇二二年十一月二十三日

壹伍伍

浪淘沙令·精雕细琢

丰土却年荒，几度心伤。凝心热血振家邦。寒暑星光淋雨汗，绽放芬芳。

琼宇起刚刚，百纪扶匡。事微立矩把宏纲。细琢精雕长与伴，迈向康庄。

二〇二二年十一月二十四日

壹伍陆

小重山·如履薄冰

累土层层寂寞经。浮虚侵漫扰、砺戎兵。重锤铁腕炼铮铮。杂一念、每每伴虚惊。　跬步亦铿铿。为功当久久、正源清。虔心朴质立旗旌。履千里、翼翼舞渊冰。

二〇二二年十一月二十五日

壹伍柒

浪淘沙令·心手相连

破茧出泥渊，直上云端。弟兄姊妹共时艰。戴月披星肝胆照，勇叩千关。

行稳在峰巅，大任于肩。相连心手向明天。一路礼花相怒放，把酒同欢。

二〇二二年十二月一日

壹伍捌

醉翁操·文化力量

波澜，拳拳，清莲。忆潸然，千难，家徒四壁怜荒田。笔枯书废人闲，抱缺残。何以破冥顽，布以文道承圣贤。合和一体，坚守多年。泽被德润，热血情怀点燃。志向鸿飞于天，战略张良之篇，力行移万山。无人仍翩跹，拓路弄云烟，破开混沌天地宽。

二〇二二年十二月二日

壹伍玖

浪淘沙令·绝味临风

戍守砥钢锋，药膳殷充。伴餐萝卜脉经通。葱白汤温香艾草，梦卧洋葱。　寒疫两重冬，绝味临风。任他身畔耍无踪。日出安然还日落，自立心中。

二〇二二年十二月十四日

调笑令·牛人醉

能否，能否，不使羊群乱走。青苗接踵萌生，相安草绿酒清。清酒，清酒，当醉牛人土偶。

二〇二二年十二月十五日

壹陆壹

定风波·闯关

岁苦时艰守重关，星灯一盏待新天。前仆无间旋继上，不让，只缘身在白名单。人地皆存真硬仗，跌宕，红旗翻卷向峰巅。你我相搀怀激壮，笑望，北风尽处起春烟。

二〇二二年十二月十六日

张养浩《山坡羊体·放羊》（非钦定词谱词牌）

一场新冠几度防，昨也迷茫，今也迷茫。
毒施魔鬼丧天良，天诛你亡，地灭你亡。
沧桑世事话凄凉，左一群羊，右一群羊。
百草人人下肚肠，吃也疯狂，喝也疯狂。
糊口养家勉自强，阴也得忙，阳也得忙。
卧床养病更彷徨，老也一堂，幼也一堂。
好在雄鸡唱日常，黑也不长，暗也不长。

乾坤大道自飞扬，坎也为王，坷也为王。

二〇二二年十二月二十二日

壹陆叁

木兰花令·阴阳自在

深居斗室如关隘，帷幄运筹门不迈。窗前日月映交相，独立无声安静泰。　洪流滚滚谁能外，水击三千求不败。一分执着一拘泥，脚下从容心自在。

二〇二二年十二月二十九日

壹陆肆

木兰花令·走出混沌

循环往复螺旋进，不息生生分有寸。虚无演化势当随，破立休停时混沌。

眼光放远循天问，脚步开先钤迹印。创生世界荡胸怀，进出从容拥混沌。

二〇二二年十二月三十一日

壹陆伍

浪淘沙令·崛起之路

序 吾家年谱：『难舍·17』『启航·18』『崛起·19』『长风·20』『飞扬·21』『鼎立·22』『行稳·23』。步步走来，良心情怀。勠力同心，铁杵成针，敢战敢拼，万马齐喑。自崛起始，连年摘金，铿锵苦旅，落地资箴。放眼明天，空杯于手，再赋强音，五冠胸襟。

崛起即临峰，再度长风。飞扬逐鹿冠三重。鼎立合和方略启，四破青穹。　　行稳首当冲，恪守初衷。一阶一步五争雄。
累土云桥唯极顶，款步临虹。

二〇二三年一月二十七日

壹陆陆

浪淘沙令·进化

细易克坚难，履践宣言。一沙一土起峰峦。魏晋风流青骨立，高处临寒。

功业渐超然，玉琢情田。外王内圣塑丰颜。盛世大唐千万象，气宇多元。

二〇二三年二月七日

壹陆柒

踏莎行·规矩

一事功成，二三积淀。风骚驿动添经传。毫厘世界自纷繁，方圆规矩家常饭。

量子双缠，星嬉云汉。冥冥约定从无变。身当守正细微行，心心不负痴相恋。

二〇二三年二月十八日

壹陆捌

踏歌词·主旋律

天地中音正，同声应律兴。家和邦本固，宴饮礼民听。施舍爱相倾，异响悯其生。

二〇二三年二月十九日

壹陆玖

人月圆·约法

千般形色千番面，一镜正衣冠。寡均而患，群单而落，雨露无偏。　桑田农事，文章武略，约法精专。十分汗水，三分廪实，达者优先。

二〇二三年二月三日

壹柒零

浪淘沙令·双骄

刚性律威施，落地行知。融身宇宙理参差。卓越有形规矩路，挺立风姿。

柔性德仪师，布道开枝。观心天地洒光辉。文化无声涵养土，绽放玫瑰。

二〇二三年四月三十日

壹柒壹

天门谣·开门解道

新立东门额，两霞引、广庭阳泽。开阖或，荡胸无尘隔。　意气畅通天人合一，觉悟心间辞往昔。灵动积，勃勃发、生生不息。

二〇二三年五月八日

凤孤飞·解说

浅黛薄施初夏，意动风中布。以待闻声远处，一缕念、频频顾。　指点图文牵客趣，莲花灿、万千触绪。多少遐思从此去，好生期相遇。

二〇二三年五月十九日

壹柒叁

菊花新·因为双碳

立地听涛依北岸，手把风光天际线。青绿点江山，云开处、一张名片。

借来生花描画卷，展乾坤、铺陈清宴。蝶舞梦中央，醉宾朋、布笔留恋。

二〇二三年六月二十八日

第四章

壹柒肆

破阵子·云章荟萃

流火初秋正俏，云章荟萃门庭。子满青枝妆玉树，桃李成蹊相纵横。年年新梦腾。

运笔行刀泼墨，兴观群怨宣情。月洒清轩投寂影，白发青丝至静宁。心心往圣承。

二〇二一年八月四日

壹柒伍

解红·儿时

脸蛋粉，肚兜红。共骑竹马嬉夜蛩。爱挽垂髫父牵母，植根两小起朦胧。

二〇二一年八月七日

壹柒陆

采桑子·心向南开

秋阳卷叶梧桐路，芦野随栽。絮向南开，默水清桥恣意猜。

三冬问学从师道，士子重来。仰止云台，雪鬓青丝共踏槐。

二〇二一年十月二十一日

壹柒柒

浪淘沙令·又回天大

湖面荡清寒，谁洒微澜。芝兰玉树恰青年。印烙北洋添厚重，帆起航船。

浪激复回还，母校寻源。拳拳列众访师坛。欲做新枝重散叶，求是联研。

二〇二一年十月二十七日

撼庭秋·冬遇

落枫重扫眉际，刻染朱颜岁。一分牵绊，愁添不退，两相回味。

新冬旧绪，飞花来对，梦中天地。座间闻如故，披裘待月，举杯当醉。

二〇二一年十一月二十九日

壹柒玖

虞美人·相聚一念

寻幽露雨香心处，念起趋灯赴。京华丽女梦芳邻，西塞惊鸿翩若、又伊人。

时寒历岁怜相顾，茶案闻禅悟。论天谈地笑浮云，断舍难离莫叹、本如尘。

二〇二一年十二月十七日

百字令·布文道

文
清润
心与魂
知命无尽
单字形意存
书篆金石遗韵
诸子经史星灿群
诗礼歌赋经世天问

名士风骨千古传道痕
闲案今落灰奈何复兴困
横点勾画提笔烟墨闻
平仄声律痴腹吟论
尧舜贤德身省尊
儒道元典相印
时势潮永奔
帆鼓旗振
锚定根
谁进
君

二〇二二年四月十一日

浪淘沙令·求索

建业至关因，体系殊尊。筹谋高远事为根。厚积功成而卓越，万象欣欣。　吾辈历艰辛，求索修身。知行在路共诸君。不野升华融不史，文质彬彬。

二〇二二年六月二十一日

壹捌贰

渔歌子·傻傻四博士

师从夫子拜老聃，入目唯书学理贪。四博士，傻憨憨，迷之和合众星参。

二〇二二年八月十四日

念奴娇（变体一）· 再入南开

只身西影，大中路、心动怦然回溯。若梦依稀，单色始、多彩还原画布。浪漫烟湖，循楼抢座，不意痕无数。芳华餐饭，激扬情志朝暮。

惊觉枝叶翻声，恰参天处处，年轮人树。两个时空，双答卷、谈笑相融相恕。力允公能，风霜又雨露，幸无辜负。基因缘定，植根南大情愫。

二〇二二年九月二日

浣溪沙·潍溪缘

缘起春秋口子侬，知音三五把千杯。鸿儒佳丽撞心扉。

淮菜湖鱼赊一醉，当垆沽酒闹潍溪。东风拂柳与侬归。

二〇二二年九月二十一日

天净沙·遇见

斜风碎影危栏，雪丝冠玉朱颜。子夜清光键盘。只因遇见，有缘人亦潸然。

二〇二二年十月十一日

壹捌陆

虞美人·素天

无欺日月交相抱，归燕家梁绕。春华秋实复方兴，万物阴阳其道、遂由庚。

适逢任降汤文诏，伊吕风云啸。霸功商富应时更，岁健人和金运、素天生。

二〇二二年十一月九日

南乡子·八小时

夜半吐微辞，名利难匀自怨持。驴累犬酣鸡始唱，愁眉，祈愿逃离八小时。

怀国又家齐，立命安身已破题。斗地战天归有属，无疑，最美人生八小时。

二〇二二年十二月七日

壹捌捌

浣溪沙·飞鸿邀醉

竹杖天涯守望行，时逢大雪透清莹。飞鸿一片正娉婷。

天地初阳萌且待，东风相约纵云腾。千杯不醉惹刘伶。

二〇二二年十二月八日

壹捌玖

望江南·梦醒何方

阴霾散，萌动旧行囊。三月烟花期又待，怦然千里撞心房。

今次不彷徨。　无可奈，习惯自徜徉。星夜于公几半载，

室家床榻梦朝堂。谈笑泯凄凉。

二〇二三年一月三十日

壹玖零

点绛唇·与子把酒

你我红颜，一醺一恙三番糗。卿卿衿肘，对饮邀相首。
又笑春风，桃面今时有。弹冠酒，温唇香口，与子真言守。

二〇二三年二月十日

壹玖壹

一剪梅·引领者

雨落平沙旋若虚。大漠丹青，一抹千躯。风怜轻舞木怜生，绿意盈洲，上善先驱。

更叹南飞迁徙居。万里萍踪，头雁逶迂。星辰引领破迷航，暖意心途，人字云趋。

二〇二三年二月二十四日

壹玖贰

彩鸾归令·蓟北小屋

三五冲冲，擘画山庐筑梦中。道谋与合一初衷，自清风。

不同烟火千番味，别样人生七彩丰。手持潇洒向星空，卧听松。

二〇二三年二月二十五日

壹玖叁

浪淘沙令·传递光明

雨雪暑寒横，工地穿行。胶靴红帽显峥嵘。露宿风餐推进度，服务倾情。　　客户若亲朋，互助双赢。相牵电网大家庭。绽放青春于一线，传递光明。

二〇二三年三月二日

壹玖肆

烛影摇红·出幽谷

豪饮东风，令仪令德三番沐。相逢何处不桃园，棠棣芳香馥。
　　千里灵犀一蹴，待重头、弹冠瑞曲。出于幽谷，两相奔赴，无关乔木。

二〇二三年三月七日

壹玖伍

踏歌词·春夜长

独自双眉锁，折腾一只蚊。惊魂从夜半，弄影到清晨。春意闹家门，不速不相闻。

二〇二三年三月二十三日

壹玖陆

虞美人·句读说

弛张脉动文心逸，句读相生律。灵思轻顿起翩跹，流水行云节奏、润全篇。

攘熙岁月形形色，暇整听花客。柳亭梅驿倚风烟，皮里春秋把握、梦无边。

二〇二三年三月二十五日

人月圆·水

扬清激浊从无息，静净本根肢。用之立命，安之以敬，道化人师。　大千世界，参差百态，良莠相随。好生万物，天心法则，上善思齐。

二〇二三年三月二十八日

壹玖捌

望江南·焉得一分闲

芳菲染，桃李自千颜。寒食轻烟依袅袅，连枝春色绕缠缠。

花下任流连。　年复与，落瓣两相怜。飘洒天香伤且叹，采风

方寸困还难。焉得一分闲。

二〇二三年四月一日

壹玖玖

临江仙（变体一）·自学堂

一缕东风更万象，堂前桃李飞扬。教鞭轻点紫罗囊，几家学士，解惑自文庠。敏思进阶冰火炼，学而时习为王。读书行路贵常长，生涯仕子，刺股又悬梁。

二〇二三年四月十二日

踏莎行·踏沙行

昨日夭夭，飞红拂槛。黄沙执意涂金篁。满城一色占春宵，依稀天际驼铃泛。望断云霄，两相惦念。晴烟漫洒撩千艳。求风劝雨弃前嫌，余香栉沐天怜鉴。

二〇二三年四月十四日

虞美人·在路上

春红一抹融青翠，转眼逢丹桂。无情四季有情人，随那落花流水、走凡尘。感时独对何须醉，行道循天地。五千文字叩关门，更有百家苦旅、各风云。

二〇二三年四月十五日

贰零贰

小重山·诗著情缘

点滴兴观韵律煎。拈来三百首、九章篇。人间山水饱风餐。
清名慕、付梓与相欢。　仰止哲文刊。业精传道统、德心丹。
再呈心岳寄词缘。拾朴素、努力两三言。

二〇二三年四月二十六日

蝴蝶儿·枝断蝴蝶兰

凝彩妆，茧中藏。蝶儿痴盼探花郎，断肢更断肠。

生乃怜香客，神差辣手狂。祈求仙子莫惶惶，尽心呵护旁。

二〇二三年五月五日

贰零肆

阮郎归·猫望

翻桐弄影透纱窗，殷勤搔首妆。怦然只为一枝香，立身向远方。

左边绿，右边芳，赊情烛下光。苦芯摇曳泪中央，相怜与梦乡。

二〇二三年五月十日

贰零伍

天净沙·孤心

香车落日飞鸿，客心烟火凡桐。蜡炬西窗泪容。彩虹织梦，
那厢红袖玲珑。

二〇二三年五月十二日

贰零陆

卜算子·青春组合

缘起几多人，碰撞开心窍。欲揽风云纵逸间，花季唯英妙。

学海共征帆，执手江湖闹。多彩人生恣意情，本色应年少。

二〇二三年五月十四日

贰零柒

虞美人·拍砖吃瓜

序 学术研究之余，嬉戏老师吃瓜。此处掌声应起，寂寞深坑开挖。拍金砖兮巧立，笑点频抓。苦兮乐兮，收获到家。美丽故事，书写生涯。

今书故事明回味，坑挖愚人记。应该鼓掌却阑珊，鹊起同声拍向、号金砖。

吃瓜两字师名易，教学嬉中系。悄然回首已通关，醉美过程难舍、刻心间。

二〇二三年四月三十日

江月晃重山·同道

相似青灯味道，旧颜新貌途穷。拾来灵感解朦胧。襟怀荡，天地论英雄。脉脉温情以授，彬彬挥洒从容。文思奇语压春浓。心扉撞，岁月绣玲珑。

二〇二三年五月十七日

菊花新·因你精彩

仰问星空谁主宰，也叹弗如粟于海。仍愿化微光，依那镜、七色真乃。

有缘相聚几多载，手余香、比心元凯。即便小乾坤，因个你、更添精彩。

二〇二三年五月二十七日

贰壹零

卜算子·在

满地落骄阳，草木生疲态。放眼操场唯寂寥，空影孤身外。

同道自同行，多寡无须怪。吾愿吾持发本心，一念三千在。

二〇二三年六月二十一日

眼儿媚·梦外徜徉

清漏催声落松床，辗转锁孤肠。夏虫侧畔，中天挂月，颠倒阴阳。　拉来一缕霜晖伴，拥枕抱黄粱。扰兮寤寐，乱兮心绪，梦外徜徉。

二〇二三年七月五日

贰壹贰

醉花阴·心茧

一池碧绿逢时满，妆点红粉浅。爱立小荷前，唤醒天真，化影蜻蜓挽。

可怜万绪刚裁剪，却被风云卷。寸寸又成丝，染了嗔痴，乱入凡心茧。

二〇二三年七月十日

散文·鲜花插在牛粪上

之所以起这个题目，不是想做标题党。因为曾经，那是来自高山草原的一声轻呼；是来自大自然的一份和谐静谧的美丽；是印象与现实冲撞后的一刻沉思。更有些煞风景地说，冥冥中她还散发着一种淡淡的味道。味道！是的，那是她在我内心中，不经意间留下的一缕诗情的味道。好吧，我们一起在时间轴上，徜徉一会儿，听我说些故事吧。

2017年6月，我和两个朋友三对夫妇，六个人一行组团，开启了西藏之旅。我们落地青海，包了一辆奔驰260，驾车西行。蜻蜓点水青海湖、深情回望日月山、义无反顾上昆仑。登临海拔5231米的唐古拉山垭口时，头晕、目涨、脖子硬的高原反应，如期驾临，很给面子、毫不爽约。短暂停留体验并拍照后，继续前行，晚上十点左右下榻那曲。这一夜，在高反的无微不至的陪伴下，认真地折腾了一宿，并用心领会了吃不好、睡不下、动不了的真意。

转天晚上，我们便来到了拉萨。雨中下车，第一感觉是舒爽，对，就是舒爽。海拔 3700 米算啥，我们可是从五千多米下来的，小确幸啊。再等我们到达林芝后，2900 米，呵呵。林芝真不愧有『高原小江南』之称啊，这里是花的海洋、水的世界、动物的乐园，是我们神往的世外桃源。

也许是西藏风情，感染了我们，也许是旅游之乐，鼓荡了我们。在花海一处山岗上，我们与一位藏族中年妇女攀谈起来，突然兴起，萌发去她家做客吃饭的念头。你情我愿中，就这么愉快地决定了。随她顺山顶、沿高原草甸一路下行，来到山坳中她的家。典型的藏区农牧民院落，院门不掩敞开着，农牧具散落院中，院中有几小块菜地，更多地长着草，或许草原上的人，对草情有独钟吧。房子普通，除了窗户带些藏味，其他看不出太多藏族特色来。走进屋藏族风情立现，民族家具、经幡、唐卡、大小转经筒，尤其是满屋的酥油茶味道，很贴心地钻入客人的口鼻耳中，轻声对你说着：『扎西德勒、扎西德勒。』

在主人热情地张罗饭菜期间，我们几人没事闲逛出来。映入眼帘的是美丽的景色，触动心弦的是多姿的世界。向前方左右望去，蓝蓝的天、白白的云、高高的山、青青的草、微微的风。草地上，悠闲得有些慵懒的牦牛，零星散布在不同高程的山坡上。这一片静谧与安宁，偶尔会被牛叫声，荡起丝丝涟漪。因为是旅游，自然我们穿得五颜六色，点缀在其间，既像跳动的音符，又像律动的画笔，真乃乐章天成、画卷地设。

咦？哈哈哈！惊叹的笑声中，我们发现了新大陆。一株嫩绿嫩绿的小草，伸出几只小胳膊，各自托举着嫩黄嫩黄的小花朵，煞是可爱，让人有种上去掐一掐的冲动。更让人激动的是，这美丽可爱的格桑花，居然、居然从一坨黑油油、圆墩墩的牛粪中，翩然而出，简直让人惊诧不已。我们对『鲜花插在牛粪上』，还多停留在对美丽女子错配丑陋男子的惋惜的认知中。未料想天地间，真有此绝配，上天诚不我欺也。我们感慨了一会儿，也就释然了。自然免不了，咔咔拍照取证，回去得瑟、讲故事，上等素材啊。

忽然间，我于笑闹中打油了两句。滴水沸油啊，可怜的格桑花，比暴风雨的摧残，还难以忍受吧。它不知道、我也不知道，这误打误撞的不期而遇、这美丽奇异的画面、这相谐相趣的场景，冥冥中于此时此刻，在我心田，播下了一粒文学种子、留下了一缕诗情味道。这或许就是我和诗词间，朴素而又神奇的缘起吧。

欢声笑语中，我们回来吃饭。坐在床边、炉火旁的老奶奶，是主妇的婆婆。她右手摇着转经筒，慈祥又安静地看着我们吃饭，黝黑泛红、布满皱纹的脸上，始终挂着微笑。我看着她，感觉很亲切、很亲近。我们就像一个大家庭一样，享受着烟火生活。饭后我们道别，还留下通信地址，在一丝不舍中离开了，我们用纯净的眼神，在这片纯净的天空中，写上了一丝挂念。今后会想起她们吗？还会再来吗？没有答案。那株牛粪上的格桑花呢？

8月的一个晚上，我和领导打完太极拳，在回家的路上聊天。对了，我对夫人，长期以来一直称呼领导，并且还给领导，下了一个完美定义：单位领导，充其量是八小时领导，而夫人是7×24小时、全天候、终生领导。好像这个称谓，逐渐有社会化趋势哟。

接着上文说，领导提议，我俩从喜玛拉雅，蒙曼讲诗开始，每周学习一首诗。注意喽，喜马拉雅，神奇不？西藏元素。我们第一首诗学的是李白的《听蜀僧濬弹琴》，感觉很好，也决定了要坚持下去。后来领导无情地抛下我，转学其他了。孤苦伶仃的我，倒是真心爱好上了诗词，对于诗词知识，如饥似渴地开始学习，竟然，一发而不可收了。

2018 年 4 月 23 日，我正式开始写诗了。后来我才知道，4 月 23 日，是莎士比亚的生日，是世界读书日，神奇不？再后来，朋友间交谈时，问得最多的一个问题是：『为什么写诗？』每每第一反应，总是那株插在牛粪上的格桑花。我知道，我和诗词间的缘，就是那株插在牛粪上的格桑花。它一定在我心中最柔软的地方，涂上了一抹淡淡的诗情味道。这味道，不浓烈但清新、不馥郁但幽香、不绚烂但持久。欢迎你，这里就是你的家。

既然拿起了笔，总不好荒了吧。领导曾经问过我几个问题，我们是这样问答的：路好走吗？不知道，但我知道，和谁走很关键。能否坚持下去？不知道，但我知道，迈开的脚步叫距离。能成功吗？不知道，但我知道，看见新东西很重要。

为了充实回忆，我又翻看了一下西藏之旅的资料。此刻我正坐在松软的矮墩上，摩挲着相册中那张格桑花照片，思绪流连在一丝感恩中。慢慢地，从略带茶香的两唇间，飘出这些文字：『不管是粪是土，精华都在。不管是花是草，美丽都在。我们同属一个世界、共处一个家园。少一个，家园会失去完整性、世界会丢失斑斓性，因为本质上，我们灵魂相通、天生共情。』

我想那株插在牛粪上的格桑花了，想那家牧民了，想那位藏族老奶奶了。

二〇二三年八月十九日

跋

本书收录的诗词为宋词体裁，采《钦定词谱》词牌，选押《词林正韵》。其中有一首《百字令》采通用格律，一首《山坡羊》采张养浩山坡羊体，此两首非《钦定词谱》词牌。特此说明。

鉴于水平所限，作品难免出现瑕疵乃至错误，欢迎批评指正，同时恳请谅解。

衷心感谢唐云来先生以及其他老师对我的培育和支持。感谢侯丹于成书过程中给予的帮助。

二〇二三年十二月二十八日